AF603010

VENTE AUX ENCHÈRES PUBLIQUES

PAR SUITE DE LIQUIDATION DE COMPTES EN PARTICIPATION

DE

PLANCHES GRAVÉES

ET LITHOGRAPHIES

PUBLIÉES PAR LA

MAISON GOUPIL & CIE

Éditeurs d'Estampes, à Paris

HOTEL DROUOT — SALLE N° 4

Les Vendredi 1 et Samedi 2 Avril 1881

A DEUX HEURES

Par le ministère de Me ESCRIBE, Commissaire-Priseur,

RUE DE HANOVRE, N° 6

EXPOSITION PUBLIQUE

Le Jeudi 31 Mars, de une heure et demie à cinq heures et demie.

CONDITIONS DE LA VENTE

La vente sera faite au comptant.

Les acquéreurs paieront *cinq pour cent* en sus des enchères, applicables aux frais.

La vente de chaque numéro du Catalogue comprendra :

1° La planche gravée ou la pierre lithographique;

2° Le dessin sur pierre;

3° Les épreuves en stock, tant noires que coloriées.

Les collections de lithographies seront mises en vente chacune dans leur ensemble; si la mise à prix n'est pas couverte, les pierres seront vendues en détail. Il en sera de même des planches gravées : celles se faisant pendant seront mises en vente ensemble; mais si la mise à prix n'est pas couverte, elles seront vendues séparément.

La vente a lieu sous la réserve expresse, pour MM. Goupil et Cie, de conserver la faculté de reproduire, en photographie, les sujets gravés ou lithographiés inscrits au présent Catalogue et sans garantie possible au sujet des contestations qui pourraient survenir avec les tiers.

AVIS

Huit jours avant la vente, une collection d'épreuves des Gravures et Lithographies ci-après cataloguées sera mise à la disposition du public dans les Magasins de MM. GOUPIL ET Cie, 9, rue Chaptal, où il pourra en être pris connaissance.

DÉSIGNATION DES PLANCHES GRAVÉES

Nos d'ordre	TITRES DES GRAVURES	NOMS DES Peintres	NOMS DES Graveurs	MESURE des SUJETS	AVEC LETTRE Blanc	AVEC LETTRE Chine	AVANT LETT. Blanc	AVANT LETT. Chine	Artiste	Couleur
1	Dernier soupir du Christ	Gué	Jazet	62×87	115	»	18	»	»	32
2	Jugement dernier	—	—	62×87						
3	Michel-Ange et Raphaël au Vatican	H. Vernet	—	74×62	82	»	6	»	»	10
4	Derniers moments de la reine Elisabeth	Delaroche	—	74×62						
5	Moïse sauvé des eaux	Schopin	—	58×81	109	»	18	»	»	16
6	Moïse au pays de Madian	—	—	58×81						
7	Thamar et Juda	H. Vernet	—	76×64	100	»	13	»	»	9
8	Samson et Dalila	Steuben	—	76×64						
9	Thamar et Juda (Réduction)	H. Vernet	—	43×36	98	»	»	»	»	14
10	Samson et Dalila —	Steuben	—	43×36						
11	Jean-Bart	Garneray	—	62×79	124	»	»	»	»	32
12	Tourville	—	—	62×79						
13	Duquesne	—	—	62×79						
14	Duguay-Trouin	—	—	62×79						
15	Péveril du Pic	Lecomte	—	45×58	133	»	»	»	»	18
16	Château de Kenilworth	—	—	45×58						
17	Richard en Palestine	—	—	45×58						
18	Ivanhoé	—	—	45×58	47	»	»	»	»	5
19	Lettre d'abandon	Destouches	—	57×76	50	»	»	»	»	9
20	Demande en mariage	—	—	57×76						
21	Petits protégés	Roehn	—	38×28	120	»	»	»	»	10
22	Premier chagrin	Grenier	—	38×28						
23	Napoléon sortant du tombeau	H. Vernet	—	65×54	32	»	5	»	»	7
24	Napoléon sortant du tombeau (Réduction)	—	—	34×26	32	»	»	»	»	3
25	Bataille de Wagram	—	—	45×58	164	»	9	»	»	34
26	Bataille d'Iéna	—	—	45×58						
27	Bataille de Friedland	—	—	45×58						
28	Campagne de France	De Lausac	—	45×58						
29	Esméralda et Quasimodo	Steuben	—	60×47	70	»	6	»	25	12
30	Esméralda instruisant	—	—	60×47						
31	Esméralda et Quasimodo (Réduction)	—	—	30×23	53	»	»	»	»	22
32	Esméralda instruisant —	—	—	30×23						
33	Rappel du conscrit	Bellangé	—	63×65	139	»	5	»	»	32
34	Marche forcée	—	—	63×65						
35	Champ de bataille	—	—	63×65						
36	Napoléon visitant l'ambulance	—	—	63×65						
37	Chrétiens livrés aux bêtes	Leuillier	—	52×75	86	»	37	»	»	15
38	Murmurateurs engloutis	Gué	—	52×75						
39	Abraham renvoie Agar (Réduction)	H. Vernet	—	43×36	93	»	»	»	»	12
40	Judith va trouver Holopherne (Réduction)	Steuben	—	43×36						
41	Départ des conscrits	Bellangé	—	48×63	78	»	»	»	»	19
42	Retour au pays	—	—	48×63						
43	Départ pour le carrousel	H. Vernet	—	66×50	51	»	2	»	»	5
44	Abbaye de Bolton	Landseer	—	38×45	»	»	»	»	»	»
45	Courtisane dans l'embarras	Haudebourt	—	38×45	1007	»	»	»	»	53
46	Femmes et secret	—	—	38×45						
47	Ane porteur de reliques	—	—	38×45						
48	Château de cartes	—	—	38×45						
49	Fille de Saragosse	Wilkie	—	38×45						
50	Tribunal de l'Inquisition	Jones	—	38×45						
51	Un prêche à Séville	Lewis	—	38×45						
52	Contrebandiers espagnols	—	—	38×45						
53	Marie-Stuart signant son abdication	Allau	—	38×45						

Nos d'ordre	TITRES DES GRAVURES	NOMS DES Peintres	NOMS DES Graveurs	MESURE des SUJETS	NOMBRE D'ÉPREUVES AVEC LETTRE Blanc	AVEC LETTRE Chine	AVANT LETT. Blanc	AVANT LETT. Chine	Artiste	Couleur
54	**Exaltation de Pie IX.**	H. Vernet	Jazet	74×62	19	»	»	»	»	»
55	**Arabes dans leur camp** (Réduction) . . .	—	—	44×58	80	»	»	»	»	12
56	**Arabes surpris par le Simoun**	Biard	—	44×58						
57	**Aventures de Nigel**	Jacquand	—	45×59	169	»	»	»	»	37
58	**Connétable de Chartres**	—	—	45×59						
59	**Jolie fille de Perth.**	—	—	45×59						
60	**Péveril du Pic.**	—	—	45×59						
61	**Sortie du port.**	Garneray	—	51×64	133	»	»	»	»	26
62	**Jour de fête.**	—	—	51×64						
63	**Tempête**	—	—	51×64						
64	**Naufrage**	—	—	51×64						
65	**Anne de Geierstein.**	Lecomte	—	45×58	32	»	»	»	»	7
66	**Leçon de barbe**	Biard	—	31×40	64	»	»	»	»	10
67	**Suite d'une faute**	—	—	31×40						
68	**Judith tenant la tête d'Holopherne** . . .	Allori	—	54×44	94	»	»	»	»	6
69	**Exécution militaire** (Réduction)	Vigneron	—	31×40	80	»	»	»	»	9
70	**Duel** (Réduction)	—	—	31×40						
71	**Pêche au homard**	Garneray	—	57×81	79	»	»	»	»	28
72	**Pêche au saumon**	—	—	57×81						
73	**Pêche à la morue**	—	—	57×81						
74	**Pêche à la sardine.**	—	—	57×81						
75	**Pierre-le-Grand sauvé par sa mère** . . .	Steuben	—	65×85	27	»	4	»	1	5
76	**Jument défendant son poulain**	H. Vernet	—	57×81	34	»	1	»	»	5
77	**Jument défendant son poulain** (Réduction)	—	Bontemps	27×37	31	»	»	»	»	6
78	**Fontaine de Vaucluse**	Pages	Cornilliet	46×37	33	»	»	»	»	»
79	**Courses à Bade**	Herrault	Harris	54×106	4	»	»	»	»	15
80	**Serment du Jeu de Paume**	David	Jazet	53×79	33	»	»	»	»	7

DÉSIGNATION DES LITHOGRAPHIES

Nos d'ordre	TITRES DES LITHOGRAPHIES	NOMS DES Peintres	NOMS DES Lithographes	PIERRES Nombre par sujet	PIERRES Mesure	NOMBRE D'ÉPREUVES Noir	NOMBRE D'ÉPREUVES Rehaut	NOMBRE D'ÉPREUVES Couleur	NOMBRE D'ÉPREUVES Fond noir
	SUJETS RELIGIEUX								
1	**La couronne d'épines**	C. Landelle	Lassalle	2	20×26	10	5	5	3
2	**Le calice**	—	—	2	20×26	10	5	»	6
3	**L'Annonciation**	Murillo	Lafosse	1	18×24	40	»	11	»
4	**Education de la Vierge**	—	Eichens	1	18×24	25	»	6	»
5	**Sainte Élisabeth**	—	Lafosse	1	18×24	16	»	6	»
6	**Miracle des roses**	Dubufe	Eichens	1	18×22	50	»	»	»
7	**Parabole des semences**	Holfeld	Lafosse	1	18×22	25	»	5	»
8	**Les martyrs**	Leloir	—	2	18×24	25	»	3	»
9	**La communion**	—	Llanta	2	18×24	25	»	1	»
10	**Le Christ au tombeau**	Gigoux	Lassalle	1	22×28	42	»	18	»
11	**La très-sainte Vierge**	Murillo	Lafosse	2	20×26	10	10	6	»
12	**Le Christ expirant**	Lassalle	Lassalle	2	20×26	10	10	6	»
13	**Résurrection du fils de Naïm**	Overbeck	L. Noël	1	18×24	»	»	»	»
14	**Sainte Agnès**	Titien	Gilbert	1	20×26	45	»	»	»
15	**Sommeil de Jésus**	Sasso Ferrato	Lemoine	1	16×20	20	»	5	»
16	**Conception**	Murillo	—	1	20×26	32	»	3	»
17	**Pater noster**	Friès	Friès	1	24×32	»	»	10	»
18	**La Madone de Foligno**	Raphaël	Lassalle	1	20×26	46	22	40	»
	SUJETS MILITAIRES ET HISTORIQUES								
1	**Bataille de Solférino**	Guérard	Guérard	2	22×28	»	»	»	»
2	**Bataille de Magenta**	—	—	2	22×28	20	»	»	»
3	**Luther brûlant les bulles du Pape**	Marteisteig	Thielley	2	24×32	15	»	15	»
4	**Un colloque à Genève, en 1549**	Labouchère	L. Noël	2	24×32	15	»	15	»
5	**Garibaldi et ses volontaires**	G. Doré	G. Doré	12	18×24	130	»	50	»
6	**Mort de Calvin**	Jacott	Jacott	1	18×22	45	»	12	»
7	**Réformateurs**	Labouchère	L. Noël	1	18×22	45	»	12	»
8	**Les Prussiens en France**	Bacon	Führ	4	16×20	120	80	»	»
9	**Sœurs de charité en Crimée**	Appert	Didier et Regnier	5	14×18	»	16	»	»
10	**Vie de Washington**	Stewart	Regnier	4	20×26	100	»	»	»
11	**Adieux du prince Louis**	Wattier	Wattier	2	14×18	»	»	»	»
12	**Derniers jours de la Pologne**	Rossignon	Regnier	2	18×24	6	»	»	»
	SUJETS DE GENRE ET MYTHOLOGIQUES								
1	**LES ARTS. — Poésie**	Compte-Calix	Desmaisons	3	18×22	12	4	»	»
2	— **Peinture**	—	—	1	18×24	12	3	»	»
3	— **Musique**	—	—	2	18×22	18	2	»	»
4	— **Sculpture**	—	—	2	18×24	2	4	»	»

Nos d'ordre	TITRES DES LITHOGRAPHIES	NOMS DES Peintres	NOMS DES Lithographes	PIERRES Nombre par sujet	PIERRES Mesure	NOMBRE D'ÉPREUVES Noir	NOMBRE D'ÉPREUVES Rehaut	NOMBRE D'ÉPREUVES Couleur	NOMBRE D'ÉPREUVES Fond noir
	SUJETS DE GENRE ET MYTHOLOGIQUES (SUITE)								
5	**A travers champs** (La réponse)	Compte-Calix	Regnier	2	18×22	40	»	»	»
6	**Chemin faisant** (La demande)	—	—	2	18×22	40	»	»	»
7	**L'Amour médecin**	Destouches	Lafosse	1	16×20	25	»	5	»
8	**Contrat rompu**	—	Soulange-Tessier	1	16×20	30	»	6	»
9	**« Ah! qu'il fait donc bon cueillir la fraise! »**	Guérard	Guérard	1	18×24	40	»	6	»
10	**« C'est pour savoir si le printemps... »**	—	—	1	18×24	40	»	4	»
11	**Double chasse**	—	—	2	18×24	65	»	5	»
12	**« Qui m'aime me suive! »**	—	—	2	18×24	65	»	5	»
13	**L'ange déchu**	Vidal	Desmaisons	2	18×22	2	3	»	»
14	**Larme de repentir**	—	—	2	18×22	35	3	»	»
15	**L'audace**	Sewrin	Regnier et Bettamier	1	18×24	»	2	»	»
16	**Arabelle**	Vidal	Desmaisons	2	16×20	4	6	»	»
17	**Fatinitza**	—	—	2	16×20	6	»	»	»
18	**L'arbre de Noël**	Schloesser	Thielley	2	24×36	25	»	»	»
19	**Répétition générale**	—	—	2	24×36	25	»	»	»
20	**Biches au bois**	Compte-Calix	Regnier	1	16×20	50	»	4	»
21	**Mare aux Biches**	—	—	1	16×20	50	»	4	»
22	**Comment l'esprit vient aux garçons et aux filles**	Schlésinger	Soulange-Tessier	2	18×22	60	»	12	»
23	**La consultation**	Girardet	Girardet	1	10×14	20	»	»	»
24	**Cybèle et Amphitrite**	P. Baudry	Stadler	2	14×18	190	»	70	»
25	**Château de cartes**	Toulmouche	Bargue	1	20×26	70	»	15	»
26	**Mauvais fils et fils repentant**	L. Noël	L. Noël	3	20×26	150	»	»	»
27	**Enfants de la Providence** (Et couvert.)	De Beaumont	Jaime	25	10×12	240	130	»	»
28	**Enfantillages** (Et couverture, titre et entourage)	—	—	63	10×12	450	250	»	»
29	**Filleules des fleurs** (Et couverture)	—	E. Planas	25	8×10	200	120	»	»
30	**Feuilles de la marguerite** (Et couvert.)	—	Christophe	13	10×12	»	120	»	»
31	**Fleurs malades**	Compte-Calix	Regnier	4	18×22	30	15	»	»
32	**Fleurs artificielles**	—	—	4	18×22	34	15	»	»
33	**Parti à prendre**	—	—	4	18×22	8	2	»	»
34	**Parti pris**	—	—	4	18×22	36	8	»	»
35	**La faute**	Winterhalter	Raunheim	1	10×14	6	»	»	»
36	**Le pardon**	—	—	1	10×14	6	»	»	»
37	**Bonheur maternel**	Riédel	L. Noël	1	10×14	6	»	»	»
38	**Epreuve maternelle**	—	Raunheim	1	16×22	15	»	6	»
39	**Rose du printemps**	Winterhalter	L. Noël	1	12×16	25	»	»	»
40	**Francesca et Paolo**	A. Gendron	Mouilleron	1	16×20	100	»	»	»
41	**L'air**	—	—	1	16×20	2	»	»	»
42	**L'eau**	—	Charpentier et Sabatier	1	16×20	40	»	»	»
43	**Hamlet**	H. Lehmann	Lemoine	2	14×18	12	»	«	»
44	**Ophelie**	—	—	2	12×18	12	»	1	»
45	**Aïka**	Vidal	L. Noël	2	18×22	»	»	»	»
46	**Needjmé**	—	—	2	18×22	»	6	»	»
47	**« Je boude! »**	A. Lenglet	Thielley	1	16×20	6	»	»	»
48	**« Domino! »**	—	—	1	16×20	6	»	»	»
49	**Kosciusko**	Adam	Adam	2	12×16	15	»	»	»

Nos d'ordre	TITRES DES LITHOGRAPHIES	NOMS DES		PIERRES		NOMBRE D'ÉPREUVES			
		Peintres	Lithographes	Nombre par sujet	Mesure	Noir	Rehaut	Couleur	Fond noir
	SUJETS DE GENRE ET MYTHOLOGIQUES (SUITE)								
50	**Poniatowski**	Adam	Adam	2	12×16	15	»	»	»
51	**Renard et raisins**	Schlésinger	L. Noël	1	18×24	38	»	6	»
52	**Loup dans la bergerie**	Roëhn	Soulange-Tess	1	18×20	38	»	6	»
53	**Mille et une femmes**.	Divers	Divers	31	12×20	100	100	»	»
54	**Motifs de miniature**	Lassalle	Lassalle	20	14×18	»	200	»	»
55	**Nymphes des bois** (Et couverture). .	Félon	Félon	8	12×16	220	»	»	25
56	**Noémi et Frasquita**	Vidal	Desmaisons	4	16×20	34	2	»	»
57	**Orphée**	Jalabert	Fanoli	2	20×26	72	»	4	»
58	**Palestrina**	Heilbuth	J. Aubert	1	18×24	190	»	20	»
59	**La polka**	Sewrin	Lassalle	12	10×12	»	»	»	»
60	**Petites scènes équestres**.	De Dreux	Jaime	12	12×16	»	100	»	»
61	**Poursuite**.	—	Pirodon	2	18×24	105	»	8	»
62	**Déception**.	—	Durand	2	18×22	65	»	5	»
63	**Peintre de genre** (Et couverture) . .	Marohn	Marohn	49	10×14	400	160	»	»
64	**Peintre de chevaux** (Et couverture) .	De Dreux	Jaime	49	12×16	400	300	»	»
65	**Paris monumental**.	Arnoult	Arnoult	1	14×18	»	»	»	»
66	**Paris dans la poche**	—	Wilmann	10	12×16	»	»	»	»
67	**La promenade**.	De Dreux	L. Noël	1	20×26	50	»	10	»
68	**Recrues arabes**	Bida	Leroux	1	18×24	10	»	»	»
69	**Les Willis**	Gendron	Fanoli	2	20×26	79	»	4	»
70	**Réception de la reine Victoria** . . .			2	18×22	»	»	»	»
71	**Arrivée à Ischia**.	Girardet	Thielley	2	20×26	15	2	»	»
72	**Fête du grand-père**	Waldmuller	—	2	18×24	15	2	»	»
73	**Sous le Gouvernement provisoire**. .			1	12×16	»	»	»	»
74	**Le socialisme** (Et couverture)	Rethel	Collette	7	12×16	»	»	»	»
75	**Les saisons**.	Papety	Alophe	8	12×16	»	»	»	»
76	**Sœurs de lait** (Et couverture). . . .	Compte-Calix	Thielley	13	10×14	100	45	»	»
77	**Six pas caractéristiques**.	De Beaumont		12	10×12	»	190	»	»
78	**Toilette du matin**	Rossi	Laurens	1	10×12	»	»	12	»
79	**Toilette du soir**.	—	—	1	10×12	»	»	12	»
80	**Une chanson vaut un baiser**	De Beaumont	Eusebio	2	12×16	»	12	»	»
81	**Un baiser vaut un soufflet**.	—	—	2	12×16	»	12	»	»
82	**Nouvelle servante**.	Béranger	Schultz	1	18×22	35	»	8	»
83	**L'ami complaisant**.	Leray	—	1	12×16	35	»	8	»
84	**La vie parisienne**	Guérard	Thielley	4	14×18	40	15	»	»
85	**Bonheur**	Alophe	Alophe	2	14×18	20	3	8	»
86	**Infortune**.	—	—	2	14×18	26	5	8	»
87	**Baiser du matin**.	Dejonghe	Durand	1	14×18	30	9	2	»
88	**Jeune mère**	—	Lassalle	1	14×18	34	10	4	»
89	**La lecture interrompue**	—	L. Noël	1	14×18	20	6	2	»
90	**Petite nonchalante**	—	Stadler	1	14×18	8	9	12	»
91	**Charge de cavalerie**.	Dubasty	L. Noël	1	14×18	32	2	28	»
92	**Petit tambour**.	—	—	1	14×18	26	5	19	»
93	**Les cerises**	Lenfant de Metz	Führ	2	14×18	26	6	6	»
94	**Les jumeaux**	—	Thielley	2	14×18	45	3	2	»
95	**Arrivée au catéchisme**.	—	—	2	14×18	140	5	34	»
96	**La Comédie**	—	Stadler	1	14×18	32	7	7	»
97	**Coucou**	Dejonghe	Gilbert	1	14×18	50	6	6	»

Nos d'ordre	TITRES DES LITHOGRAPHIES	NOMS DES Peintres	NOMS DES Lithographes	PIERRES Nombre par sujet	PIERRES Mesure	NOMBRE D'ÉPREUVES Noir	NOMBRE D'ÉPREUVES Rehaut	NOMBRE D'ÉPREUVES Couleur	NOMBRE D'ÉPREUVES Fond noir
	SUJETS DE GENRE ET MYTHOLOGIQUES (SUITE)								
98	**Marchand de gibier**	Grenier	Grenier	2	12×16	15	2	4	»
99	**Retour de l'école**	—	—	2	12×16	36	9	2	»
100	**Cuisine des petits bûcherons**	—	—	2	12×16	30	5	6	»
101	**Leçon d'équitation**	—	—	2	12×16	10	7	2	»
102	**Dernier morceau de pain**	Marohn	L. Noël	2	14×18	30	4	10	»
103	**Dernier ami**	Alophe	—	2	14×18	24	10	6	»
104	**Dernier rêve de gloire**	—	Alophe	2	14×18	2	5	7	»
105	**Passé, présent, avenir**	—	—	2	14×18	88	2	9	»
106	**Déjeûner des ânes**	Lanfant de Metz	Regnier	2	14×18	34	4	2	»
107	**Diner des enfants**	—	Thielley	2	14×18	45	6	8	»
108	**Le déjeûner**	—	Barry	2	12×16	70	3	3	»
109	**Les écoliers**	—	Lemoine	2	14×18	56	6	7	»
110	**L'eau bénite**	—	—	2	14×18	»	9	34	»
111	**L'école de dessin**	—	Thielley	2	14×18	35	5	3	»
112	**L'instruction des pauvres**	Alophe	Alophe	2	18×24	30	10	34	»
113	**Providence des malheureux**	—	—	2	14×18	1	4	3	»
114	**Leçon de lecture**	Lanfant de Metz	Thielley	2	14×18	1	8	6	»
115	**Leçon d'écriture**	—	—	2	14×18	40	8	7	»
116	**Leçon de broderie**	—	—	2	14×18	45	9	6	»
117	**La leçon**	E. Frère	L. Noël	1	12×16	32	7	11	»
118	**Le loup et l'agneau**	Lanfant de Metz	Lemoine	2	12×16	15	6	15	»
119	**L'école de chant**	Schloesser	Barry	1	14×18	»	15	6	»
120	**Première chope**	—	Durand	1	16×20	10	17	5	»
121	**Marchand de coco**	Lanfant de Metz	Barry	2	12×16	25	6	11	»
122	**Marchand de gauffres**	—	Thielley	2	14×18	6	5	28	»
123	**Toilette de la Vierge**	—	—	2	14×18	30	6	14	»
124	**Marchand de plaisirs**	—	L. Noël	2	14×18	16	10	2	»
125	**Mort du renard**	De Dreux	Durand	2	14×18	»	4	36	»
126	**Miettes du gâteau**	E. Frère	L. Noël	1	12×16	60	5	17	»
127	**Petit modèle**	—	Didier	1	14×18	10	18	8	»
128	**Sollicitude maternelle**	—	L. Noël	1	14×18	70	4	8	»
129	**Moissonneuses**	Lanfant de Metz	Thielley	2	14×18	36	4	28	»
130	**Faneuses**	—	—	2	14×18	40	6	7	»
131	**Bouquinistes**	—	—	2	14×18	35	7	7	»
132	**Première aumône**	—	—	2	14×18	40	10	7	»
133	**Rameau bénit**	—	Lemoine	2	14×18	135	»	28	»
134	**Rentrée du troupeau**	Van Muyden	Regnier	2	12×16	55	2	17	»
135	**Steeple chase**	Lanfant de Metz	—	2	14×18	40	4	1	»
136	**Toilette de la première communion**		Lemoine	2	14×18	32	14	13	»
137	**Fille mal gardée**	Aufray	Schultz	1	12×16	35	8	5	»
138	**Gros chagrin**	—	—	1	12×16	70	9	10	»
139	**La vendange**	Lanfant de Metz	Barry	2	12×16	»	6	5	»
140	**Mère des orphelins**	Alophe	Alophe	2	14×18	26	8	6	»
141	**Chasse aux souris**	Lanfant de Metz	Thielley	2	14×18	50	1	6	»
142	**Bonté**	Brochart	Desmaisons	2	14×18	35	8	»	»
143	**Caprice**	—	—	2	14×18	35	6	»	»
144	**Estelle**	—	—	2	14×18	25	8	»	»
145	**Némorin**			2	14×18	45	8	»	»

Nos d'ordre	TITRES DES LITHOGRAPHIES	NOMS DES Peintres	NOMS DES Lithographes	PIERRES Nombre par sujet	PIERRES Mesure	NOMBRE D'ÉPREUVES Noir	NOMBRE D'ÉPREUVES Rehaut	NOMBRE D'ÉPREUVES Couleur	NOMBRE D'ÉPREUVES Fond noir
	SUJETS DE GENRE ET MYTHOLOGIQUES (SUITE)								
146	**Lecture pieuse**	Laufant de Metz	Thielley	2	14×18	50	8	»	»
147	**Prière des orphelins**	—	—	2	14×18	30	3	»	»
148	**Olympia**	Vidal	Desmaisons	2	14×18	15	6	»	»
149	**Mariette**	—	—	2	14×18	5	6	»	»
150	**Pensive**	—	Bocquin	2	14×18	60	6	»	»
151	**Distraite**	—	—	2	14×18	60	15	»	»
152	**Beautés mythologiques** (Et couvert.)	Devéria	Devéria	25	12×16	450	70	»	30
153	**Bal d'enfants** (Et couverture)	De Beaumont	Thielley	25	10×12	»	100	»	»
154	**Les baigneuses**	Numa	Numa	12	12×16	»	35	»	»
155	**Peintres de marine** (Et couverture). .	Sabatier	Lauvergne	14	12×16	150	»	40	»
156	**Tableaux de fleurs et fruits**	Bouvier	Bouvier	7	16×20	»	»	28	»
	PORTRAITS								
1	**Princesse Clotilde**			1	10×14	»	»	»	»
2	**Les hommes du jour**		Alophe	81	10×14	»	»	»	»
3	**L'Impératrice**		Lafosse	1	20×26	»	»	»	»
4	**L'Impératrice**		Alophe	1	18×24	»	»	»	»
5	**L'Impératrice**		Lassalle	1	20×26	»	»	»	»
6	**L'Impératrice**		—	1	14×18	»	»	»	»
7	**L'Impératrice**		—	1	18×24	»	»	»	»
8	**L'Impératrice**		—	1	18×24	»	»	»	»
9	**Napoléon III**		Bargue	2	20×26	12	»	8	»
10	**Prince Impérial**		L. Noël	1	18×24	12	»	12	»
11	**Le roi des Hellènes**	Hagelstein	—	2	12×16	10	»	2	»
12	**La reine Victoria**	Winterhalter	Lassalle	2	24×30	20	14	»	»
13	**Le prince Albert**	—	—	2	24×30	25	14	»	»
14	**Victoria et Albert**		L. Noël	1	18×24	»	»	»	»
15	**Washington**	Stuart	Fanoli	4	20×26	»	14	7	»
16	**Jefferson**			1	10×12	»	»	»	»
17	**Misstress Washington**	Jalabert	Lafosse	3	20×26	»	12	18	»
18	**Queen of Beauty**			2	18×24	»	»	»	»
19	**Le Sultan**			2	12×16	»	»	»	»
20	**Roi des Hellènes**	Hagelstein	L. Noël	2	24×32	5	»	»	»
21	**Louis-Philippe** (Sans titre)			1	18×24	»	»	»	»
22	**Napoléon Ier** (1808)	Lassalle	Lassalle	2	20×16	30	»	15	»
	PAYSAGES ET ANIMAUX								
1	**L'avalanche**	Guérard	Guérard	2	18×22	80	»	7	»
2	**Le gué**	—	—	2	18×22	15	»	9	»
3	**L'orage**	—	—	2	18×22	25	»	7	»
4	**La pêche**	—	—	2	18×22	35	»	8	»
5	**Les bords du Rhin** (Et couverture). .	Cicéri	Cicéri	97	14×18	800	»	350	»
6	**Chasses à tir**	Grenier	Grenier	24	10×14	380	150	»	»
7	**Croquis pittoresques**	Cicéri	Cicéri	48	10×12	850	»	»	»
8	**Chasses américaines**	Marsden	Thielley	4	20×26	40	»	65	»
9	**Chasse au chat**	Notermann	Durand	2	20×26	20	»	3	»
10	**Chasse au rat**	De Dreux	Pirodon	2	18×24	40	»	5	»

Nos d'ordre	TITRES DES LITHOGRAPHIES	NOMS DES Peintres	NOMS DES Lithographes	PIERRES Nombre par sujet	PIERRES Mesure	NOMBRE D'ÉPREUVES Noir	NOMBRE D'ÉPREUVES Rehaut	NOMBRE D'ÉPREUVES Couleur	NOMBRE D'ÉPREUVES Fond noir
	PAYSAGES ET ANIMAUX (SUITE)								
11	**Torrent et cascade**	Ruysdaël	Champin	4	24×30	80	»	2	»
12	**Etudes d'animaux**	Brascassat	Brascassat	12	14×20	225	»	53	»
13	**Les ombrages** (Et couverture)	Calame	Calame	37	14×18	250	»	»	»
14	**Paysages**	Hesse	Thierry	24	12×16	500	»	»	»
15	**Plantes agrestes** (Et couverture). . .	Calame	Calame	19	14×18	275	»	»	»
16	**Le Rhin allemand**	G. Doré	Sabatier	1	28×36	115	»	»	»
17	**Suisse et Savoie**.	Cicéri	Cicéri	438	14×18	5400	»	2000	»
18	**Suisse et Savoie** (2 sur la feuille et couv.)	—	—	166	10×12	12000	»	»	»
19	**La Suisse** (Et couverture).	Guérard	Guérard	49	15×18	1100	»	230	»
20	**Tableaux d'Italie**	Lindemann	Lindemann	5	16×20	112	»	3	»
21	**Vues de Paris** (Et couverture). . . .	Arnoult	Arnoult	109	10×12	530	»	»	»
22	**Naples**	Lindemann	Lindemann	74	10×14	660	»	»	»
23	**Rome et ses environs**	—	—	135	10×12	1000	»	»	»
24	**Florence**	—	—	6	10×12	60	»	»	»
25	**Lutte de taureaux**.	Brascassat	Brascassat	1	26×36				
26	**Taureaux défendant une vache**. . .	—	—	1	26×36	45	»	32	»
	TÊTES D'ÉTUDE ET COSTUMES								
1	**Costumes suisses** (Et couverture) . .	Sutter de Thoun	Planas	50	10×14	1800	»	550	»
2	**Les Suissesses** (Et couverture) . . .	—	—	25	10×12	»	»	130	»
3	**Costumes suisses** (4 à la feuille et couv.)	—	—	13	12×16	»	»	160	»
4	**Costumes historiques**	Devéria	Devéria	19	12×16	506	»	263	»
	GALERIES MODERNES								
1	**Le chercheur de truffes**	Decamps		1	12×16	55	»	7	»
2	**La moisson des roses**	Isabey		1	12×16	70	»	5	»
3	**Vénus sortant des eaux**	Félon		1	12×16	16	»	1	»
4	**Première rêverie**	Roqueplan		1	12×16	38	»	15	»
5	**Jeunesse de Linné**.	Roux		1	12×16	19	»	3	»
6	**Trois frères d'armes**.	Rosa Bonheur		1	12×16	44	»	5	»
7	**Ravage dans la prairie**.	Decamps		1	12×16	132	»	9	»
8	**Le chenil**	—		1	12×16	69	»	10	»
9	**L'élève en peinture**	E. Frère		1	12×16	11	»	11	»
10	**Les batteurs en grange**	Brion		1	12×16	38	»	10	»
11	**Un déjeûner en ville**.	Decamps		1	12×16	31	»	6	»
12	**Pâturage**	Troyon		1	12×16	27	»	2	»
13	**Amitié**	Roqueplan		1	12×16	33	»	19	»
14	**La ferme**	Decamps		1	12×16	43	»	11	»
15	**La mare**	T. Rousseau		1	12×16	80	»	2	»
16	**La chasse**.	Guillemin		1	12×16	32	»	12	»
17	**Enfants jouant avec un lézard** . . .	Diaz		1	12×16	28	»	10	»
18	**Diane chasseresse**	Félon		1	12×16	40	»	7	»
	LE MUSÉE DES RIEURS								
»	**L'étalage** (Frontispice)	Marohn		2	16×20	»	»	»	»
1	**Un domestique pour tout faire** . . .	Guérard		2	16×20	21	7	»	»
2	**L'Ordre de la Jarretière**			2	16×20	43	3	»	»

Nos d'ordre	TITRES DES LITHOGRAPHIES	NOMS DES Peintres	NOMS DES Lithographes	PIERRES Nombre par sujet	PIERRES Mesure	NOMBRE D'ÉPREUVES Noir	NOMBRE D'ÉPREUVES Rehaut	NOMBRE D'ÉPREUVES Couleur	NOMBRE D'ÉPREUVES Fond noir
	LE MUSÉE DES RIEURS (SUITE)								
3	**Le coq du village**	Marohn		2	16×20	27	2	»	»
4	**La route de Montretout**	Lepoittevin		2	16×20	47	9	»	»
5	**Bouillon coupé**	Guillemin		2	16×20	46	10	»	»
6	**Rognons au vin de Champagne**	Lepoittevin		2	16×20	41	7	»	»
7	**L'électeur et le candidat**	Brun		2	16×20	11	9	»	»
8	**Le député et l'électeur**	—		2	16×20	14	13	»	»
9	**L'éducation d'Achille**	Lepoittevin		2	16×20	56	4	»	»
10	**L'enlèvement de Déjanire**	Roëhn		2	16×20	58	4	»	»
11	« **Honni soit qui mal y voit !** »	Guérard		2	16×20	38	6	»	»
12	« **Honni soit qui mal y pense !** »	—		2	16×20	43	6	»	»
13	**La nouvelle Suzanne**	Lepoittevin		2	16×20	1	12	»	»
14	**Coup double**	—		2	16×20	18	6	»	»
15	**Hercule filant aux pieds d'Omphale**	Roëhn		2	16×20	40	5	»	»
16	**Le diner interrompu un jour d'abstinence**	Ducrot		2	16×20	29	1	»	»
17	**Un jeune homme à marier**	Marohn		2	16×20	60	2	»	»
18	**Ce qu'on voit et ce qu'on ne voit pas.**	—		2	16×20	38	8	»	»
19	« **Tout est perdu, fors l'honneur !** »	Guérard		2	16×20	49	4	»	»
20	« **Sauve qui peut !** »	—		2	16×20	68	1	»	»
23	**Un jour de Carnaval**	—		2	16×20	19	5	»	»
24	**L'amour, le vin et le tabac**	—		2	16×20	39	1	»	»
25	« **Si jeunesse savait !** »	—		2	16×20	23	3	»	»
26	« **Si vieillesse pouvait !** »	—		2	16×20	28	3	»	»
28	**La douane**	Biard		2	16×20	21	13	»	»
29	**La curiosité punie**	Ducrot		2	16×20	38	9	»	»
30	**Il n'y a pas de feu sans fumée**	Lepoittevin		2	16×20	33	8	»	»
31	**L'arche de Noé**	Guérard		2	16×20	55	5	»	»
32	**Les exploits d'un dentiste**	Marohn		2	16×20	30	8	»	»
33	**Les petits tyrans**	Girardet		2	16×20	47	8	»	»
34	**Les jeunes communistes**	—		2	16×20	27	10	»	»
35	**M. le Curé n'aime pas les os**	Marohn		2	16×20	38	5	»	»
36	**Les nièces de M. le Curé**	—		2	16×20	50	4	»	»
37	**Les premières armes d'un barbier.**	Biard		2	16×20	29	4	»	»
38	« **Tu veux le fouet ?** »	Girardet		2	16×20	226	12	»	»
39	« **C'est un vaurien !** »	—		2	16×20	51	10	»	»
40	« **Ah ! qu'y sera beau !** »	Lenglet		2	16×20	44	9	»	»
41	« **Ah ! que c'est bête !** »	—		2	16×20	23	7	»	»
42	**Sympathie**	Jalabert		2	16×20	34	7	»	»
43	**Un monsieur très-poli**	Lesecq		2	16×20	46	9	»	»
44	**Napoléon et le curé**	Jacquand		2	16×20	38	7	»	»
45	**Napoléon et l'évêque**	—		2	16×20	99	8	»	»
46	**Le gibier du seigneur**	E. Giraud		2	16×20	23	7	»	»
48	**Enfoncé les grenadiers**	Morlon		2	16×20	61	6	»	»
49	**Sentinelle perdue**	Compte-Calix		2	16×20	50	9	»	»
50	**Charge de cavalerie légère**	Philippoteaux		2	16×20	110	3	»	»
51	**Daphnis et Chloé**	Edwarenay		2	16×20	70	5	»	»
52	« **Ma femme dort !** »	L. Noël		2	16×20	23	6	»	»
53	**La lettre d'introduction**	Verheyden		2	16×20	21	8	»	»

Nos d'ordre	TITRES DES LITHOGRAPHIES	NOMS DES Peintres	NOMS DES Lithographes	PIERRES Nombre par sujet	PIERRES Mesure	NOMBRE D'ÉPREUVES Noir	NOMBRE D'ÉPREUVES Rehaut	NOMBRE D'ÉPREUVES Couleur	NOMBRE D'ÉPREUVES Fond noir
	LE MUSÉE DES RIEURS (SUITE)								
54	« Au voleur ! »	Marohn		2	16×20	13	6	»	»
55	« A l'assassin ! »	—		2	16×20	51	9	»	»
56	Le petit souper	Guérard		2	16×20	19	3	»	»
57	Couloir de l'Opéra	—		2	16×20	25	3	»	»
58	Train de plaisir	De Beaumont		2	16×20	30	14	»	»
60	L'intention méconnue	Vallet		2	16×20	9	10	»	»
61	Le galant mal venu	—		2	16×20	32	6	»	»
62	Une vocation d'artiste	Girardet		2	16×20	112	6	»	»
63	La contrainte par corps	—		2	16×20	106	6	»	»
64	« Oui, mon vieux, t'en auras ! »	Brun		2	16×20	98	5	»	»
65	Une razzia	Miss Spencer		2	16×20	62	7	»	»
66	Piste d'été	Lepoittevin		2	16×20	95	5	»	»
67	Piste d'hiver	—		2	16×20	52	5	»	»
	LE MUSÉE OMNIBUS								
1	« La Vierge t'écoute »	Marohn		2	10×12	1	1	»	»
2	Dieu punit les méchants	—		2	10×12	1	3	»	»
5	Petit bonhomme vit encore	Verheyden		2	10×12	9	13	»	»
6	Le Dieu du soldat	Bellangé		2	10×12	16	4	»	»
7	Le bouillon coupé	Guillemin		2	10×12	29	22	»	»
8	Rognons au vin de Champagne	Lepoittevin		2	10×12	29	23	»	»
9	« Honni soit qui mal y pense ! »	Guérard		2	10×12	»	12	»	»
10	« Honni soit qui mal y voit ! »	—		2	10×12	28	55	»	»
11	Vendredi chair ne mangeras	Lenglet		2	10×12	5	5	»	»
12	Bonum vinum	—		2	10×12	36	12	»	»
13	« Sauve qui peut ! »	Guérard		2	10×12	40	14	»	»
14	« Tout est perdu, fors l'honneur ! »	—		2	10×12	36	5	»	»
15	Un domestique pour tout faire	—		2	10×12	27	11	»	»
16	L'enlèvement de Déjanire	Roëhn		2	10×12	13	11	»	»
17	Qui dort dîne	Marohn		2	10×12	43	1	»	»
18	Leste à manger, leste à travailler	Fougères		2	10×12	12	7	»	»
19	Douce confiance	Cossman		2	10×12	»	9	»	»
20	Infâme trahison	—		2	10×12	»	10	»	»
21	Ce qu'on voit et ce qu'on ne voit pas	Marohn		2	10×12	3	10	»	»
22	Un jeune homme à marier	—		2	10×12	7	9	»	»
23	La promenade	Sewrin		2	10×12	34	7	»	»
24	Le bouquet de mariée	—		2	10×12	76	4	»	»
25	Passage du mont Saint-Bernard	Guérard		2	10×12	36	15	»	»
26	Le torrent des Eaux-Noires	—		2	10×12	»	8	»	»
27	Ascension du mont Righi	—		2	10×12	23	10	»	»
28	Descente du Folhorn	—		2	10×12	35	14	»	»
29	Le chemin des Échelles	—		2	10×12	»	3	»	»
30	Halte dans un chalet	—		2	10×12	21	5	»	»
31	La polka	Sewrin		2	10×12	13	12	»	»
32	La rencontre	—		2	10×12	31	9	»	»
33	Honneur aux artistes	Bellangé		2	10×12	8	8	»	»
34	Concert à la campagne	Charlet		2	10×12	3	5	»	»

Nos d'ordre	TITRES DES LITHOGRAPHIES	NOMS DES Peintres	NOMS DES Lithographes	PIERRES Nombre par sujet	PIERRES Mesure	NOMBRE D'ÉPREUVES Noir	Rehaut	Couleur	Fond noir
	LE MUSÉE OMNIBUS (SUITE)								
37	Un jour de Carnaval.	Guérard		2	10×12	»	1	»	»
38	L'amour, le vin et le tabac.	—		2	10×12	38	1	»	»
39	« Tu veux le fouet? ».	Girardet		2	10×12	55	17	»	»
40	« C'est un vaurien! ».	—		2	10×12	58	10	»	»
41	« Si vieillesse pouvait! »	Guérard		2	10×12	36	17	»	»
42	« Si jeunesse savait! »	—		2	10×12	31	2	»	»
43	Sympathie	Jalabert		2	10×12	16	20	»	»
44	Un monsieur très-joli	Lesecq		2	10×12	14	13	»	»
45	Les petits tyrans	Girardet		2	10×12	48	4	»	»
46	Les jeunes communistes	—		2	10×12	34	3	»	»
47	Sentinelle perdue	Compte-Calix		2	10×12	7	18	»	»
48	Train de plaisir.	De Beaumont		2	10×12	14	18	»	»
49	Patience et longueur de temps font plus que force ni que rage. . . .	Guérard		2	10×12	69	4	»	»
50	Bal de Vide-Chope (Heidelberg). . .	—		2	10×12	50	8	»	»
51	Sur le lac des Quatre-Cantons . . .	—		2	10×12	52	5	»	»
52	Le val d'Enfer (Duché de Bade). . .	—		2	10×12	37	7	»	»
53	L'auberge du Gros-Coq, à Schopfheim (Duché de Bade).	—		2	10×12	9	16	»	»
54	Le réveil des touristes.	—		2	10×12	48	5	»	»
55	Le peintre à la journée	Girardet		2	10×12	7	13	»	»
56	Le portrait mal payé	—		2	10×12	12	2	»	»
57	Le repas interrompu.	—		2	10×12	24	5	»	»
58	La première communion	Lanfant de Metz		2	10×12	93	63	»	»
59	Le bénitier	—		2	10×12	92	67	»	»
60	« Oui, mon vieux, t'en auras! » . .	Brun		2	10×12	25	9	»	»
61	Une vocation d'artiste	Girardet		2	10×12	29	34	»	»
62	La contrainte par corps	—		2	10×12	32	8	»	»
	LES TOURISTES								
1	Passage du mont Saint-Bernard . .	Guérard	Guérard et Regnier	2	18×22	25	12	»	»
2	Le torrent des Eaux-Noires (Savoie).	—	—	2	18×22	6	4	»	»
3	Ascension du mont Righi (Lac des Quatre-Cantons).	—	—	2	18×22	31	»	»	»
4	Descente du Folhorn (Canton de Berne)	—	—	2	18×22	3	10	»	»
5	Le chemin des Echelles (Canton du Valais)	—	—	2	18×22	7	»	»	»
6	Halte dans un chalet (Oberland bernois)	—	—	2	18×22	24	1	»	»
7	Le réveil des touristes (Suisse). . .	—	—	2	18×22	33	3	»	»
8	Sur le lac des Quatre-Cantons (Suisse)	—	—	2	18×22	21	3	»	»
9	Le val d'Enfer (Forêt-Noire)	—	—	2	18×22	30	1	»	»
10	Le bal de Vide-Choppe (Heidelberg).	—	—	2	18×22	23	6	»	»
11	Patience et longueur de temps font plus que force ni que rage. . . .	—	—	2	18×22	7	2	»	»

Nos d'ordre	TITRES DES LITHOGRAPHIES	NOMS DES Peintres	NOMS DES Lithographes	PIERRES Nombre par sujet	PIERRES Mesure	NOMBRE D'ÉPREUVES Noir	NOMBRE D'ÉPREUVES Rehaut	NOMBRE D'ÉPREUVES Couleur	NOMBRE D'ÉPREUVES Fond noir
	LES TOURISTES (SUITE)								
12	**L'auberge du Gros-Coq, à Schopfheim (Duché de Bade)**	Guérard	Guérard et Regnier	2	18×22	31	5	»	»
13	**La pêche aux canards, sur le Rhin**	—	—	2	18×22	45	1	»	»
14	**La poste de Salanches à Chamounix**	—	—	2	18×22	27	»	»	»
15	**Un temps d'arrêt**	—	—	2	18×22	67	8	»	»
16	**Attaque et défense d'un déjeûner au Grimsel (Oberland)**	—	—	2	18×22	36	4	»	»
17	**Sur le Rhin, de Strasbourg à Cologne**	—	—	2	18×22	64	6	»	»
18	**Déjeûner dans le Trou-de-la-Sorcière**	—	—	2	18×22	53	7	»	»
	LES VACANCES								
1	**« Messieurs les voyageurs, en voiture ! »**	Guérard	Guérard	2	16×20	1	2	»	»
2	**« Vade, retro, Satanas ! »**	—	—	2	16×20	33	8	»	»
3	**Pêche de la truite**	—	—	2	16×20	31	8	»	»
4	**« Vive le vin, vive ce jus divin ! »**	—	—	2	16×20	»	4	»	»
5	**Charge de cavalerie légère**	—	—	2	16×20	»	2	»	»
6	**Le tir à l'oie**	—	—	2	16×20	»	4	»	»
7	**Une après-dînée**	—	—	2	16×20	»	3	»	»
8	**Une prise d'eau**	—	—	2	16×20	»	5	»	»
9	**Temps et marée n'attendent personne**	—	—	2	16×20	30	3	»	»
10	**L'ours civilisé**	—	—	2	16×20	44	7	»	»
11	**Les vacances**	—	—	2	16×20	32	3	»	»
12	**Il n'y a pas de bouquets sans épines**	—	—	2	16×20	24	3	»	»
	ÉTUDES DE PORTRAITS ET GROUPES								
1	**Le petit distrait**	Landelle	E. Lassalle	2	20×26	23	2	11	12
2	**La petite convalescente**	Mlle Thévenin	—	»	»	18	8	15	11
3	**Just in tune**	W. P. Mount	—	»	»	43	6	15	13
4	**Le capitaine Albert**	Court	—	2	20×26	22	6	14	10
5	**L'heureux âge**	Dubufe	—	2	20×26	83	6	7	12
6	**Les sœurs de lait**	Brochart	—	2	20×26	22	8	18	21
7	**Raffing for a goose**	W. H. Mount	—	»	»	19	2	10	11
8	**Right and left**	W. P. Mount	—	»	»	12	1	10	17
9	**L'éducation maternelle**	P. Delaroche	—	»	»	29	5	11	6
10	**Les orphelines**	Mlle Fougères	—	2	20×26	25	11	1	6
11	**La leçon de la perruche**	Brochart	—	2	20×26	34	11	10	1
12	**Les amies de pension**	—	—	2	20×26	28	10	11	8
13	**Lecture de la Bible**	Jourdan	—	2	20×26	23	9	6	4
14	**Esclaves grecques**	Brochart	—	2	20×26	51	10	20	9
15	**Castor et Pollux**	Félon	—	»	»	155	28	37	37
16	**L'accordée de village**	Greuze	—	»	»	80	8	33	23
17	**Le pain du ciel (Jésus)**	Holfeld	—	»	»	100	4	31	29
18	**— (Saint Jean)**	—		»	»	99	6	28	20

Nos d'ordre	TITRES DES LITHOGRAPHIES	NOMS DES Peintres	NOMS DES Lithographes	PIERRES Nombre par sujet	PIERRES Mesure	NOMBRE D'ÉPREUVES Noir	NOMBRE D'ÉPREUVES Rehaut	NOMBRE D'ÉPREUVES Couleur	NOMBRE D'ÉPREUVES Fond noir
	ÉTUDES DE PORTRAITS ET GROUPES (SUITE)								
19	L'éducation religieuse	Holfeld	E. Lassalle	»	»	69	28	13	35
20	L'éducation morale	—	—	»	»	64	31	17	37
21	Le petit mendiant	P. Delaroche	—	»	»	71	12	12	40
22	Les joies d'une mère	—	—	»	»	60	25	6	23
	GRANDS MÉDAILLONS								
1	Jane Gray	P. Delaroche		2	20×26	21	4	»	16
2	Dame d'honneur	—		2	20×26	34	5	»	18
3	La courtisane	C.-L. Muller		2	20×26	13	11	»	17
4	Le papillon	Brochart		2	20×26	21	5	»	10
5	Femme turque	Bellay		2	20×26	15	4	»	10
6	Algérienne	Brochart		2	20×26	37	5	»	7
7	Le Narguilé	—		2	20×26	30	6	»	12
8	Les trois amis	Alophe		2	20×26	23	10	»	12
9	Daniel	H. Vernet		2	20×26	42	25	»	14
10	La demoiselle	Brochart		2	20×26	41	5	»	10
11	L'Aurore	—		2	20×26	29	11	»	15
12	Brune et blonde	Jourdan		2	20×26	94	9	»	10
13	Julie	Glaize		2	20×26	112	13	»	19
14	Madeleine	Brochart		2	20×26	78	16	»	19
15	Venise	G. Doré		2	20×26	83	11	»	12
16	Concorde	Brochart		2	20×26	58	13	»	5
17	Discorde	—		2	20×26	42	13	»	10
18	Gourmandise	—		2	20×26	2	5	»	9
19	Sainte Rosalie	Luca Giordano		2	20×26	22	3	»	11
20	Langueur	Brochart		2	20×26	67	7	»	19
21	La Rosée	—		2	20×26	47	7	»	5
22	La Nuit	—		2	20×26	65	12	»	9
23	Le Printemps	Mme Aizelin		2	20×26	44	1	»	10
24	Esclave	Brochart		2	20×26	48	16	»	11
25	Sirène	—		2	20×26	86	11	»	6
26	Ondine	—		2	20×26	69	6	»	12
27	Nymphe	—		2	20×26	42	10	»	7
28	Bacchante	—		2	20×26	66	6	»	9
29	Le rideau	—		2	20×26	19	7	»	9
30	Le verrou	—		2	20×26	57	5	»	8
31	La fleur de la passion	—		2	20×26	44	9	»	25
32	Le lis	—		2	20×26	21	10	»	5
33	Le favori	—		2	20×26	42	13	»	9
34	Le lac	—		2	20×26	23	7	»	8
35	L'étang	—		2	20×26	87	18	»	9
36	Naïmé	—		2	20×26	74	14	»	9
37	La source	—		2	20×26	81	10	»	16
38	Le nid	Drouais		2	20×26	38	10	»	7
39	L'Immaculée Conception	Murillo		2	20×26	74	3	»	1
40	La Vierge à la chaise	Raphaël		2	20×26	51	10	»	»
41	Bouton de rose	Schlésinger		2	20×26	17	17	»	5

Nos d'ordre	TITRES DES LITHOGRAPHIES	NOMS DES Peintres	NOMS DES Lithographes	PIERRES Nombre par sujet	PIERRES Mesure	NOMBRE D'ÉPREUVES Noir	NOMBRE D'ÉPREUVES Rehaut	NOMBRE D'ÉPREUVES Couleur	NOMBRE D'ÉPREUVES Fond noir
	GRANDS MÉDAILLONS (SUITE)								
42	**Le buveur de bière**	Lenain		2	20×26	35	13	»	10
43	**L'ange de la charité**	—		2	20×26	11	6	»	9
44	**L'amour fraternel**	Bouguereau		2	20×26	8	6	»	8
45	**Mater dolorosa**	P. Delaroche		2	20×26	25	8	»	6
46	**Sainte Élisabeth, enfant**	C.-L. Muller		2	20×26	57	8	»	5
47	**La perruche**	Z. Buhler		2	20×26	40	16	»	6
48	**Séduction**	Compte-Calix		2	20×26	34	10	»	1
49	**Ecce Homo**	Guido Reni		2	20×26	12	8	»	10
50	**Sympathie**	Toulmouche		2	20×26	22	16	»	9
51	**Contemplation**	Compte-Calix		2	20×26	26	10	»	8
52	**Récréation**	Bouguereau		2	20×26	23	9	»	6
53	**Dévotion**	—		2	20×26	26	8	»	17
54	**Le petit Minet**	Hublin		2	20×26	34	18	»	18
55	**« Chut ! »**	Cot		2	20×26	35	3	»	12
56	**Printemps**	Schlésinger		2	20×26	34	10	»	5
57	**Été**	—		2	20×26	37	12	»	12
58	**Marie-Madeleine**	Guido Reni		2	20×26	132	10	»	8
59	**Mélancolie**	Landelle		2	20×26	107	20	»	11
60	**Nina**	Bouguereau		2	20×26	9	5	»	12
61	**Fanny**	H. Merle		2	20×26	22	10	»	8
	GRANDES ÉTUDES CHOISIES								
1	**L'Innocence**	Winterhalter		2	20×26	5	10	14	10
2	**La Pudeur**	—		2	20×26	25	8	»	10
3	**Le Christ au roseau**	Le Guide		»	»	91	1	2	12
4	**L'Immaculée Conception**	Murillo		2	20×26	28	4	»	4
5	**Pâtre des Pyrénées**	Sewrin		2	20×26	56	9	»	8
6	**Femme de Sorrente**	Graëflé		2	20×26	51	22	8	11
7	**Judith**	H. Vernet		»	»	16	7	10	10
8	**Les petits jardiniers**	Magnus		»	»	25	15	11	12
9	**Bergère des Pyrénées**	Sewrin		»	»	72	7	4	12
10	**The daughter of Erin**	C. Muller		2	20×26	59	23	2	10
11	**Jolly**	Lépaulle		2	20×26	28	4	1	17
12	**Femme romaine**	Court		»	»	81	6	10	11
13	**La sortie du bain**	Winterhalter		»	»	97	14	4	11
14	**Rose Pompon**	Brôchart		2	20×26	16	3	»	17
15	**Le Christ portant sa croix**	Ange Tissier		2	20×26	20	11	»	20
16	**Mater dolorosa**	Landelle		2	20×26	35	6	»	8
17	**Rose mousseuse**	Brochart		2	20×26	20	18	»	12
18	**Sainte Geneviève**	J. Laure		»	»	92	20	12	10
19	**Rose des bois**	Brochart		2	20×26	67	13	16	10
20	**Rose du Bengale**	—		2	20×26	84	11	11	13
21	**Jésus-Christ**	P. Delaroche		2	20×26	15	3	»	7
22	**La Madeleine**	Landelle		2	20×26	22	16	15	12
23	**La Pèlerine (Campagne de Rome)**	R. Lehmann		»	»	2	3	»	12
24	**Zuleïka (Lord Byron)**	C. Muller		2	20×26	59	4	8	13
25	**Haydé —**	O. Güet		2	20×26	64	6	11	8

Nos d'ordre	TITRES DES LITHOGRAPHIES	NOMS DES Peintres	NOMS DES Lithographes	PIERRES Nombre par sujet	PIERRES Mesure	NOMBRE D'ÉPREUVES Noir	NOMBRE D'ÉPREUVES Rehaut	NOMBRE D'ÉPREUVES Couleur	NOMBRE D'ÉPREUVES Fond noir
	GRANDES ÉTUDES CHOISIES (SUITE)								
26	**Les bons amis**	Lépaulle		2	20×26	42	5	12	10
27	**Les enfants de la Gypsy**	Landelle		»	»	48	21	»	16
28	**Le Christ expirant**	H. Scheffer		2	20×26	58	11	4	9
29	**La fiancée du marin (Bretagne)**	Mlle Girouard		2	20×26	87	21	6	12
30	**La Naïveté**	Winterhalter		»	»	91	6	2	16
31	**Tout beau**	Brochart		2	20×26	37	8	19	13
32	**Rose et Blanche (Juif-Errant)**	Sewrin		2	20×26	23	11	15	7
33	**Leïla (Lord Byron)**	O. Güet		2	20×26	32	19	12	13
34	**Rigolette (Mystères de Paris)**	C.-L. Muller		2	20×26	35	11	14	13
35	**La Ferveur**	H. Scheffer		»	»	35	27	15	12
36	**Attala (Châteaubriand)**	Graëflé		»	»	79	17	11	10
37	**La Foi**	Scheffer		2	20×26	12	11	20	10
38	**Esméralda**	Lehman		2	20×26	83	7	9	6
39	**Chevrière des Abruzzes**	—		»	»	10	12	5	11
40	**La guêpe**	Winterhalter		»	»	29	12	10	7
41	**La toilette d'Aspasie**	J. Laure		»	»	89	2	6	7
42	**La Liberté**	C. Muller		2	20×26	38	4	12	14
43	**Mgr Affre, archevêque de Paris**	Emy		2	20×26	24	10	16	8
44	**La rose de Séville**	O. Güet		2	20×26	5	13	9	13
45	**Lola Montès**	J. Laure		2	20×26	30	13	5	5
46	**La reine du sérail**	Bazin		2	20×26	49	7	3	10
47	**La perruche**	Lépaulle		2	20×26	52	7	»	10
48	**Penserosa**	Winterhalter		»	»	5	14	8	17
49	**L'attente**	Graëflé		»	»	25	17	»	»
50	**Pêcheur vénitien**	L. Robert		»	»	42	8	13	13
51	**Moissonneuse**	Mme de Léoménil		2	20×26	1	15	11	9
52	**L'Amour et Psyché**	Devéria		»	»	22	7	»	16
53	**Les filles de Niobé**	—		»	»	42	12	8	22
54	**Saint Joseph et l'Enfant-Jésus**	Murillo		2	20×26	29	12	»	»
55	**La Vierge et l'Enfant-Jésus**	P. Delaroche		»	»	31	17	15	10
56	**Clorinde**	Court		»	»	53	20	7	25
57	**Bérangère**	—		»	»	55	28	7	24
58	**Un petit sou**	Lafosse		2	20×26	11	4	2	5
59	**La tourterelle**	Masson		2	20×26	40	7	3	15
60	**L'Annonciation**	Sasso Ferrato		2	20×26	1	15	2	11
61	**La Vierge de Séville**	Murillo		2	20×26	25	9	14	20
62	**Dolorès**	Winterhalter		2	20×26	16	9	11	10
63	**Félicia**	—		2	20×26	24	13	10	21
64	**Raphaël**	Raphaël		2	20×26	33	19	9	12
65	**La rose de Saron**	S.-A. Mount		»	»	62	17	10	20
66	**La fleur du désert**	Brochart		2	20×26	29	17	2	17
67	**La perle du harem**	—		2	20×26	32	14	»	5
68	**Napoléon abdiquant**	P. Delaroche		2	20×26	6	10	»	2
69	**La petite maman**	Bazin		2	20×26	31	21	»	30
70	**La courtisane**	Sigalon		2	20×26	37	12	10	10
71	**« Hanneton, vole, vole ! »**	Patrois		2	20×26	29	12	4	13
72	**Le nid de fauvettes**	—		2	20×26	78	3	4	20
73	**L'agneau blessé**	Masson		2	20×26	49	4	»	4

Nos d'ordre	TITRES DES LITHOGRAPHIES	NOMS DES Peintres	NOMS DES Lithographes	PIERRES Nombre par sujet	PIERRES Mesure	NOMBRE D'ÉPREUVES Noir	NOMBRE D'ÉPREUVES Rehaut	NOMBRE D'ÉPREUVES Couleur	NOMBRE D'ÉPREUVES Fond noir
	GRANDES ÉTUDES CHOISIES (SUITE)								
74	**La musette**	Brochart		2	20×26	18	6	»	8
75	**Le faucon**	Lanfant de Metz		2	20×26	52	7	»	14
76	**La colombe**	—		2	20×26	25	12	1	10
77	**Athénienne**	Brochart		2	20×26	42	12	1	18
78	**La favorite**	—		2	20×26	39	8	»	4
79	**Le Printemps**	—		2	20×26	37	14	»	1
80	**L'Été**	—		2	20×26	45	8	»	7
81	**L'Automne**	—		2	20×26	49	13	»	15
82	**L'Hiver**	—		2	20×26	50	14	»	12
83	**Le déjeûner des chiens**	Lassalle		2	20×26	43	12	»	14
84	**Le chapeau de paille**	—		2	20×26	39	8	»	13
85	**La dame aux camélias**	Alophe		2	20×26	28	17	11	14
86	**La veuve**	Schlésinger		2	20×26	35	16	10	15
87	**Opulence**	Jalabert		2	20×26	79	10	»	11
88	**Indigence**	—		2	20×26	42	12	»	8
89	**Le général Bonaparte**	P. Delaroche		2	20×26	21	13	13	16
90	**Géorgienne**	Brochart		2	20×26	19	8	»	21
91	**Persane**	—		2	20×26	31	24	5	8
92	**Pâtre romain**	Jalabert		2	20×26	37	7	8	8
93	**Les bulles de savon**	Lanfant de Metz		2	20×26	58	8	1	13
94	**Les lunettes à grand'maman**	—		2	20×26	42	15	»	12
95	**Les délices de la richesse**	Magaud		2	20×26	55	15	»	11
96	**Le travail de l'indigence**	—		2	20×26	110	3	7	9
97	**Fleur de Marie**	Court		»	»	44	4	13	7
98	**Marchande de fleurs, à Trieste**	Portaëls		2	20×26	5	9	»	10
99	**Le portrait**	Boutibonne		2	20×26	29	18	1	10
100	**La petite coquette**	Mlle Fougères		2	20×26	25	13	8	17
101	**Le retour de la moisson**	Brochart		2	20×26	37	6	»	6
102	**Mignon**	J. Laure		2	20×26	68	18	»	9
103	**Le pigeon**	Karl Muller		2	20×26	33	6	»	12
104	**La belle Anglaise**	Gigoux		»	»	171	13	15	10
105	**Grand-papa et grand'maman**	Drouais		2	20×26	192	10	21	3
106	**A la fontaine**	Lanfant de Metz		2	20×26	137	7	»	25
107	**Le Jour**	Brochart		2	20×26	24	9	»	7
108	**La Nuit**	—		2	20×26	19	13	12	8
109	**La Vierge à la chaise**	Raphaël		2	20×26	24	4	8	4
110	**Souvenir**	Gigoux		2	20×26	78	33	37	34
111	**Hébé**	Brochart		2	20×26	14	11	»	11
112	**Pandore**	—		2	20×26	52	13	5	10
113	**La Vierge aux candélabres**	Raphaël		2	20×26	35	6	2	8
114	**La Vierge de Saint-Sixte**	—		2	20×26	72	4	9	31
115	**La marchesa d'Amaegui**	Courbet		»	»	104	29	2	27
116	**Le bien-aimé**	Brochart		2	20×26	21	9	3	17
117	**Le préféré**	—		2	20×26	64	5	3	11
118	**Le toutou**	Greuze		2	20×26	91	65	12	31
119	**L'oiseau privé**	Patrois		2	20×26	12	9	3	12
120	**La Cenci**	Guido Reni		2	20×26	32	11	»	16
121	**Coquetterie**	C.-L. Muller		2	20×26	38	12	5	22

Nos d'ordre	TITRES DES LITHOGRAPHIES	NOMS DES Peintres	NOMS DES Lithographes	PIERRES Nombre par sujet	PIERRES Mesure	NOMBRE D'ÉPREUVES Noir	NOMBRE D'ÉPREUVES Rehaut	NOMBRE D'ÉPREUVES Couleur	NOMBRE D'ÉPREUVES Fond noir
	GRANDES ÉTUDES CHOISIES (SUITE)								
122	**Les adieux au pays**	Brochart		2	20×26	66	11	3	29
123	**La fille de marbre**.	—		2	20×26	41	9	3	5
124	**Fathma**.	—		2	20×26	49	6	»	14
125	**Aïmouka**	—		2	20×26	51	4	1	12
126	**L'Immaculée Conception**	Murillo		2	20×26	29	11	»	7
127	**Le Dante et Béatrix**	Ary Scheffer		2	20×26	63	8	»	10
128	**Le Précurseur du Christ**.	Merle		2	20×26	47	5	»	»
129	**Le Sauveur du monde**	—		2	20×26	4	5	»	2
130	**Un chef de famille**.	—		2	20×26	45	20	»	26
131	**La petite gourmande**	Brochart		2	20×26	63	10	»	22
132	**La lecture**	—		2	20×26	14	17	»	18
133	**Moissonneur**	L. Robert		2	20×26	88	33	»	8
134	**Moissonneuse**	—		2	20×26	73	41	»	9
	ÉTUDES								
1	**La femme et son enfant**	L. Robert	Lassalle	2	18×22	31	»	»	»
2	**Le conducteur, à pied**	—	—	2	18×22	51	»	»	»
3	**La femme à la gerbe**.	—	—	2	18×22	52	»	»	»
4	**Le danseur à la faucille**	—	—	2	18×22	11	»	»	»
5	**La jeune fille à la bouteille**	—	—	2	18×22	34	»	»	»
6	**Le joueur de musette**	—	—	2	18×22	51	»	»	»
7	**La femme au tonneau**	—	—	2	18×22	49	»	»	»
8	**Le conducteur sur le buffle**	—	—	2	18×22	32	»	»	»
9	**La mère et le jeune enfant** (Gr. en pied)	—	—	2	18×22	39	»	»	»
10	**Le père et son fils** —	—	—	2	18×22	40	»	»	»
11	**Le jeune homme dans la charrette**.	—	—	2	18×22	23	»	»	»
12	**La jeune fille aux épis**.	—	—	2	18×22	20	»	»	»
13	**Les deux jeunes danseurs**	—	—	2	18×22	46	»	»	»
14	**Napolitaine pleurant sur les ruines de sa maison** (Groupe en pied) . .	—	—	2	18×22	19	»	»	»
15	**Le vieillard**.	—	—	2	18×22	56	»	»	»
16	**Les deux jeunes garçons** (En pied). .	—	—	2	18×22	8	»	»	»
	LA FIGURE								
1	**Sapho**	Brocky	Lassalle	»	»	49	20	1	»
2	**Georges**.	Giraud	—	»	»	26	18	2	2
3	**Georgette**.	Brocky	—	2	14×18	69	12	»	»
4	**Quasimodo**	—	—	»	»	73	6	3	»
5	**Esméralda**	—	—	»	»	35	9	»	1
6	**Prélat-Vieillard**	—	—	»	»	52	8	3	»
7	**Le petit Chaperon rouge**.	Sewrin	—	2	14×18	3	3	»	»
8	**Jésus-Christ**	Brocky	—	»	14×18	27	7	»	1
9	**Le petit boudeur**	Dubufe	—	2	14×18	49	12	2	»
10	**La fille de Jaïre**.	Brocky	—	2	14×18	40	6	1	2
11	**La prière**	Dubufe	—	2	14×18	64	5	2	»
12	**La Louve (Mystères de Paris)** . . .	Brocky	—	»	14×18	62	14	1	1

Nos d'ordre	TITRES DES LITHOGRAPHIES	NOMS DES Peintres	NOMS DES Lithographes	PIERRES Nombre par sujet	PIERRES Mesure	NOMBRE D'ÉPREUVES Noir	NOMBRE D'ÉPREUVES Rehaut	NOMBRE D'ÉPREUVES Couleur	NOMBRE D'ÉPREUVES Fond noir
	LA FIGURE (SUITE)								
13	**La petite écolière**	Greuze	**Lassalle**	2	14×18	16	10	»	1
14	**La colombe**	Rioult	—	2	14×18	64	4	1	»
15	**La bonté**	Charpentier	—	»	»	62	14	1	1
16	**Miss Jenny**	Brocky	—	»	»	16	10	»	1
17	**Fanny**	C. Muller	—	2	14×18	29	11	2	2
18	**Pauvre petite Catarina**	Sewrin	—	2	14×18	24	14	2	1
19	**Nicette**	De Dreux-Dorcy	—	2	14×18	33	6	1	»
20	**La jolie Écossaise**	Brocky	—	»	»	41	7	»	»
21	**La petite dormeuse**	Guermann-Bohn	—	2	14×18	26	8	3	»
22	**Paul**	Brochart	—	2	14×18	43	9	2	»
23	**Virginie**	—	—	2	14×18	43	5	2	1
24	**Samuel**	Landelle	—	»	»	27	16	2	1
25	**Albert**	Fechner	—	»	»	42	14	2	»
26	**Fleur du Céleste-Empire**	D. Papety	—	2	14×18	30	11	1	»
27	« **Quelle dinette !** »	Sewrin	—	2	14×18	60	5	1	»
28	« **Qu'elle est gentille !** »	C.-L. Muller	—	2	14×18	36	8	2	»
29	**Minna**	Winterhalter	—	2	14×18	37	11	2	2
30	**Le petit protégé**	Lépaulle	—	2	14×18	20	3	1	2
31	**L'orange**	J. Laure	—	2	14×18	27	10	2	»
32	**Tony**	Vidal	—	»	»	60	17	2	2
33	**Miss Odette**	Mme de Léoménil	—	2	14×18	50	10	1	»
34	**Aglaé**	Cœdès	—	2	14×18	35	5	1	»
35	**Graziella**	Graëllé	—	2	14×18	78	16	1	»
36	**La créole**	Mlle de Varennes	—	2	14×18	32	18	»	»
37	**Jeune Américaine**	Dubourjal	—	2	14×18	72	11	1	»
38	**Edward**	Philipps	—	2	14×18	57	6	2	»
39	« **Mange, petit !** »	Muller	—	2	14×18	56	8	4	»
40	« **Laisse-m'en !** »	—	—	2	14×18	5	5	1	»
41	**Miss Lucy**	Mme de Léoménil	—	2	14×18	64	8	2	»
42	**Laurence**	—	—	»	»	69	43	»	1
43	**Marie**	Gigoux	—	2	14×18	54	9	3	»
44	**Le passe-passe**	Bazin	—	2	14×18	59	10	6	»
45	**Doux sommeil**	Holfeld	—	2	14×18	32	15	1	3
46	**Le papillon**	S.-S. Osgood	—	2	14×18	67	16	4	»
47	**Prière du matin**	Félon	—	2	14×18	48	13	4	»
48	**La bêbête**	S.-S. Osgood	—	2	14×18	56	9	2	»
49	**Une Bernoise**	Sewrin	—	»	»	48	10	1	1
50	**Henry**	Holfeld	—	2	14×18	69	10	2	»
51	**Pic de la Mirandole enfant**	P. Delaroche	—	2	14×18	50	19	3	»
52	**Le goûter**	Greuze	—	2	14×18	45	7	2	2
53	**Mon petit chat**	Acloque	—	2	14×18	49	10	2	3
54	**Jésus-Christ enfant**	Murillo	—	2	14×18	20	8	1	»
55	**La prière du matin**	C. Muller	—	2	14×18	18	10	»	1
56	**Arlésienne**	Félon	—	»	»	29	62	3	1
57	**L'Enfant-Jésus inspiré**	Bouchot	—	»	»	55	64	4	3
58	**Marinette**	Patrois	—	»	»	34	74	2	»
59	**La fée des eaux**	Jalabert	—	»	»	32	79	2	1
60	**L'enfant aux fleurs**	C.-L. Muller	—	2	14×18	68	2	2	2

Nos d'ordre	TITRES DES LITHOGRAPHIES	NOMS DES Peintres	NOMS DES Lithographes	PIERRES Nombre par sujet	PIERRES Mesure	NOMBRE D'ÉPREUVES Noir	NOMBRE D'ÉPREUVES Rehaut	NOMBRE D'ÉPREUVES Couleur	NOMBRE D'ÉPREUVES Fond noir
	LA FIGURE (SUITE)								
61	**Mater dolorosa**	Sasso-Ferrato	Lassalle	2	14×18	46	9	1	»
62	**Joséphine**	Fechner	—	»	»	40	6	2	1
63	**L'oracle des champs**	Sewrin	—	2	14×18	46	8	2	3
64	**Vénitienne**	Rubio	—	2	14×18	52	12	1	1
65	**Les deux perruches**	Sewrin	—	2	14×18	23	5	3	2
66	**Une Romaine**	P. Delaroche	—	»	»	24	8	2	»
67	**Le petit mendiant**	—	—	2	14×18	45	18	3	»
68	**Henriette**	Graëflé	—	»	»	72	12	7	»
69	**L'orpheline**	Sewrin	—	2	14×18	94	15	2	»
70	**Claire**	De Dreux-Dorcy	—	»	»	91	21	3	»
71	**Le petit penseur**	P. Delaroche	—	2	14×18	27	19	4	»
72	**Petit frisé**	Dubufe	—	2	14×18	28	3	5	»
	SUJETS DIVERS								
1	**Etudes**	Félon	Félon	60	12×16	935	466	»	45
2	**Tableaux de marine**	Isabey	Sabatier	8	18×22	80	»	»	»
3	**Ornements**	Malapeau	Malapeau	60	12×18	1200	»	»	»

Asnières. — Imprimerie Goupil et Cie.

www.ingramcontent.com/pod-product-compliance
Ingram Content Group UK Ltd.
Pitfield, Milton Keynes, MK11 3LW, UK
UKHW021040260726
13994UKWH00005B/2269

9 782329 461861